DEBUT D'UNE SERIE DE DOCUMENTS
EN COULEUR

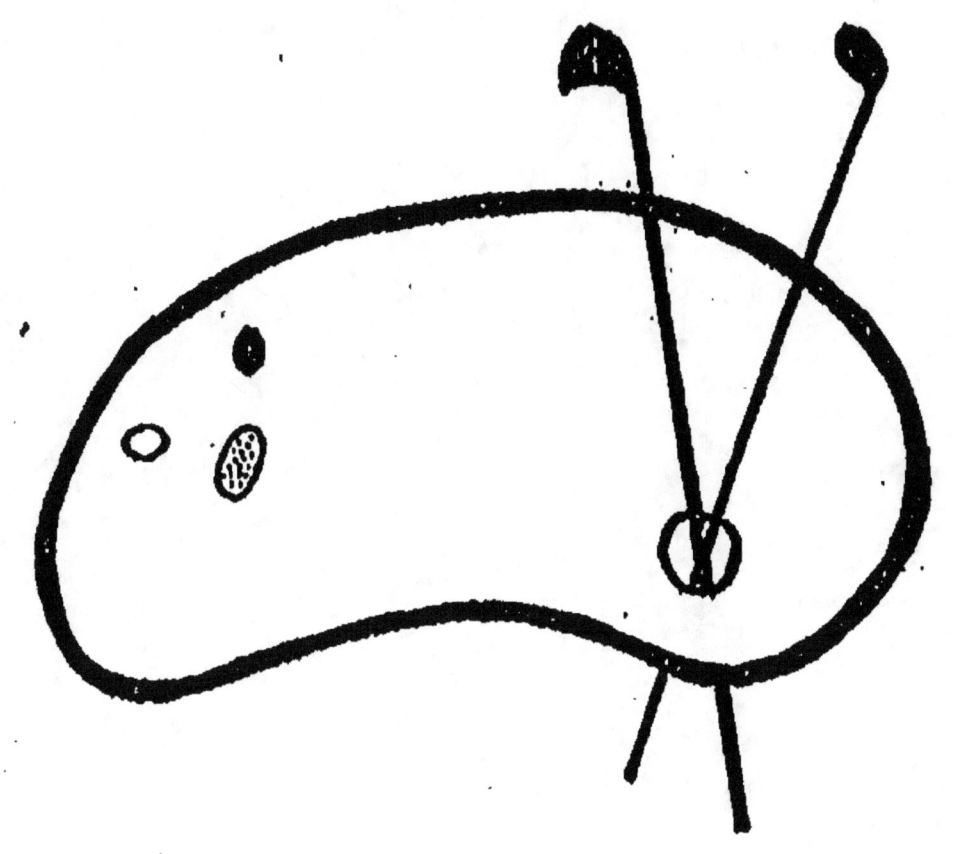

**FIN D'UNE SERIE DE DOCUMENTS
EN COULEUR**

LES CONSEILS

D'UN AMI DES ENFANTS

4ᵉ SÉRIE IN-12.

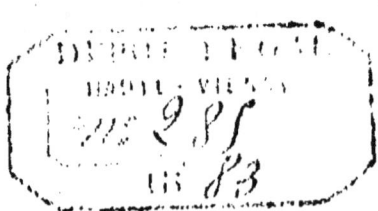

LES CONSEIL~

D'UN

AMI DES ENFANTS

PAR

MADAME TH. MIDY.

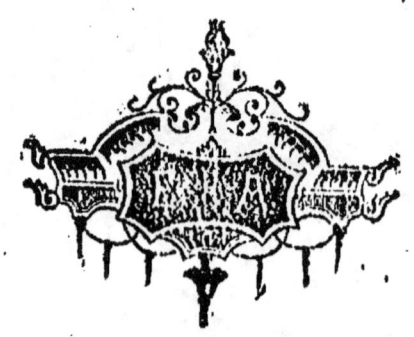

LIMOGES
EUGÈNE ARDANT ET Cⁱᵉ, ÉDITEURS.

LES CONSEILS
D'UN AMI DES ENFANTS

Des qualités qu'il faut souhaiter d'avoir.

Il y a deux classes d'enfants : les enfants studieux, les enfants paresseux. Vous qui, j'en suis sûr, n'êtes pas un de ceux-ci, vous qui souhaitez d'apprendre, venez à moi.

Je vous enseignerai une foule de choses curieuses et amusantes, et sans chercher à vous donner des connaissances qui ne sont pas do votre âge, je ferai en sorte de ne rien vous laisser ignorer de ce que vous devez savoir.

Trop d'enfants se fient sur la tendresse d'un père, d'une mère, et ne veulent faire aucun effort pour s'en rendre dignes ; ne soyez pas au nombre de ces enfants-là.

Ce que je vous demanderai d'abord ce sera la docilité. Cette vertu si indispensable à l'enfance, est la preuve d'un bon caractère; aussi l'enfant docile est-il chéri de ses parents.

Sans cette qualité, qu'on peut aussi nommer obéissance, les soins qu'on donnerait à votre éducation deviendraient inutiles, et vous rempliriez d'amertume et de chagrin le cœur de votre mère, au lieu de le remplir de joie et d'espérance.

Celui qui possède, avec la docilité, l'amour de l'étude, possède le plus grand des trésors, le plus désirable de tous, car l'intelligence humaine est comme une terre fertile qu'on doit cultiver avec soin, mais dont la récolte abondante ne saurait manquer.

Or, la récolte de l'étude, c'est le savoir, et avec le savoir, on peut vivre partout, soit d'un état, d'un métier ou d'un art, si Dieu nous protége.

Aujourd'hui, et puisque nous venons de parler de Dieu, je vous recommanderai de le prier soir et matin, en le remerciant des dons qu'il vous a faits, ainsi que de tous les biens dont sa munificence vous a doté.

Car la reconnaissance, qui est une vertu des bons cœurs, doit être la vôtre. Et comment ne seriez-vous pas reconnaissant envers le créateur, quand vous ne pouvez faire un pas sans vous trouver au milieu de ses œuvres !

Voyez, levez les yeux. Qui a mis les cieux sur nos têtes ? Quelle main a placé au-dessus de nous ce soleil radieux et pur !

Qui lui a donné cette chaleur avec laquelle il féconde les moissons, fait mûrir les vendanges et ramène la joie dans toute la nature ?

C'est la main de Dieu, et partout

où vous regarderez, cette main a passé en laissant des traces de sa bonté comme de sa puissance.

Bénissez-le donc, adorez ce Dieu paternel, et bienfaisant ; faites le bien pour l'amour de lui comme pour l'amour du prochain ; c'est le seul moyen de vous acquitter de ses bien-faits, car ce que Dieu aime par-dessus tout, c'est la bonté, la charité.

Savez-vous ce que c'est que la bonté, enfants ? C'est une vertu de laquelle découlent toutes les autres.

La bonté est une disposition de notre cœur qui nous rend bienveillant pour tous, mais surtout pour ceux qui sont souffrants et malheureux.

De la bonté, sont nés la charité, la piété, la pitié, la reconnaissance,

l'amour du prochain, l'amour filial, la
générosité.

L'amour du prochain ou l'humanité,
est un sentiment presque fraternel,
qui nous fait souhaiter de voir tout le
monde heureux, et qui nous fait souffrir de la souffrance d'autrui.

Ainsi lorsqu'un pauvre petit enfant
tout grelottant, pâle, maigre, les
yeux en pleurs, vous demande l'aumône, il y a quelque chose qui vous
serre le cœur, et qui vous fait dire en
vous-même : Pauvre petit ! quel
malheur d'être ainsi ! Cette chose-là,
enfants, c'est l'humanité, l'amour du
prochain.

L'amour filial est le sentiment que
vous devez aux auteurs de vos jours.
Lorsque vous êtes petits, il se té-

moigne par la docilité, l'obéissance, le respect lorsque vous serez grands, ; l'AMOUR FILIAL vous portera à travailler pour vos parents devenus vieux, s'ils réclament votre secours. L'AMOUR FILIAL est le résultat de la RECONNAISSANCE.

La RECONNAISSANCE est le plus saint des devoirs, en même temps qu'elle est un plaisir pour les bons cœurs.

Que ce plaisir-là soit le vôtre.

La RECONNAISSANCE d'un enfant doit d'abord s'élever vers Dieu, il doit, soir et matin, le remercier de ses bienfaits, le prier pour ceux qu'il aime, lui demander de l'aider à se corriger de ses torts et des défauts auxquels il est enclin.

Nos pères et nos mères ont des

droits à notre reconnaissance la
plus tendre pour les soins qu'ils
prennent de nous, pour leur affection
si dévouée, si complète, pour le
travail auquel ils se livrent sans
relâche, afin de nous procurer le
nécessaire et l'instruction.

Les maîtres qui nous donnent cette
instruction, doivent avoir leur part
dans notre attachement et dans
notre reconnaissance, car ils ac-
complissent, en nous instruisant, une
tâche que nous leur rendons bien
souvent pénible par notre paresse,
notre légèreté, notre manque de
bonne volonté ; et puis, c'est grâce à
leurs enseignements, à leur patience
que vous en arriverez un jour à
pouvoir vivre à l'aide de l'état qu'ils

vous auront appris, ou de l'instruction qu'ils vous auront donnée.

La PIÉTÉ est un sentiment qui nous fait rapporter tout à Dieu, en sorte que nous le remercions de toutes nos joies, et que nous l'invoquons dans toutes nos peines.

La PITIÉ est un mouvement de notre cœur qui fait que nous plaignons ceux qui souffrent, qui pleurent et qui sont misérables.

La CHARITÉ est la pitié agissante : c'est une vertu qui nous pousse vers les malheureux pour les consoler et les secourir.

La JUSTICE est une vertu qui fait que l'on rend à chacun ce qui lui est dû.

L'ÉQUITÉ lui ressemble, mais elle penche toujours vers le moins

heureux, et tâche de rétablir entre
les hommes l'égalité détruite par leurs
fortunes diverses.

La PROBITÉ doit être la vertu de
tous ; elle nous engage à ne jamais
retenir injustement une chose qui ne
nous appartient pas, et à ne réclamer
jamais pour notre travail plus qu'il
n'a été convenu ou plus qu'il ne faut.
Les gens pauvres ont bien plus de
mérite que d'autres à exercer la probité, aussi un pauvre honnête homme
et par conséquent ayant de la probité
mérite autant d'estime que de
sympathie.

Le DÉVOUEMENT est la vertu des
grands cœurs et des bons cœurs.

Le soldat se dévoue pour son pays,
la mère pour son enfant, l'ami pour

son ami ; le domestique généreux qui voit son maître tombé dans l'infortune et qui travaille pour le nourrir, sans vouloir l'abandonner pour jouir d'une condition meilleure, sont également estimables ; mais plus celui qui se dévoue est pauvre et obscur, plus son dévouement est digne d'éloges, puisque trop souvent le bien qu'il fait doit rester ignoré.

Le DÉSINTÉRESSEMENT est la vertu de celui qui, riche ou pauvre, fait le bien pour l'amour du bien et pour obéir à sa conscience et à son cœur, sans vouloir en accepter aucune récompense.

La GÉNÉROSITÉ consiste à oublier les injures reçues, et à ne se venger d'un méchant qu'en lui faisant du bien.

A toutes ces vertus, qui dérivent de la bonté, il faut joindre la BIEN-VEILLANCE.

La BIENVEILLANCE se manifeste par des soins, des égards ; elle ressemble à la POLITESSE ; pourtant elle vaut mieux.

La POLITESSE, qui se montre surtout dans les choses extérieures, est une chose qui peut s'apprendre ; la BIENVEILLANCE ne s'apprend pas, c'est un sentiment naturel.

La BIENVEILLANCE est la politesse du coeur.

Parmi ces vertus, qui dérivent de la bonté et qui sont contenues en elle, comme dans un jeune bourgeon sont contenues les feuilles qui doivent en sortir, nommons aussi l'INDULGENCE.

L'INDULGENCE, dont nous avons tous si grand besoin, est un sentiment qui nous fait couvrir d'un voile le manque d'esprit ou de facilité à s'exprimer ou de l'éducation des personnes avec lesquelles nous nous trouvons.

On a dit souvent que les vices s'enchaînent entr'eux, de même que les vertus s'enchaînent entr'elles : rien n'est plus vrai.

Ainsi, par exemple, le mensonge traîne à sa suite une foule de vices affreux, tandis que la bonté renferme mille charmantes qualités ; car lorsqu'on dit d'un homme qu'il est bon, on veut dire qu'il est juste, généreux, reconnaissant, charitable, humain, bienveillant, indulgent. De même la BONTÉ n'existe pas dans le cœur d'un enfant sans lui donner l'amour du prochain, l'amour de Dieu, l'amour filial, l'amour de l'étude, la douceur, la docilité.

Heureux donc les enfants qui ont le cœur bon ! la bénédiction du ciel descendra sur eux, ils seront la joie et l'orgueil de leurs parents.

Par le mot de VERTU on entend une qualité qui fait qu'on sacrifie son bonheur à son devoir, son intérêt à celui d'autrui.

La SAGESSE est un don du ciel qui nous fait réfléchir avant d'agir, et qui nous conseille ce qui est bien, en nous enpêchant de faire ce qui est mal.

La SAGESSE est la meilleure conseillère des rois ; elle est toujours accompagnée de la justice et de la clémence.

Dans toutes les classes de la société, dans les plus brillantes comme dans les plus humbles, la SAGESSE doit nous guider.

Elle enseigne aux pauvres l'OBÉISSANCE, le TRAVAIL, aux riches elle commande la CHARITÉ, la BIENVEILLANCE, car nul ne sait ce qu'il peut devenir, et même pour un roi puissant la plus belle richesse est de se voir aimé de tous, et de se sentir assuré qu'au premier bruit de guerre, au premier signe menaçant qu'on ferait contre lui, ses sujets lutteraient entre eux de dévouement et le défendraient au prix de leur sang.

La CLÉMENCE doit être la vertu

des bons rois ; il est beau de savoir pardonner les injures, lorsqu'on est tout puissant pour s'en venger.

La reconnaissance et l'amour des peuples, sont la récompense des princes vertueux.

Les vices et les cruautés des princes les font doublement haïr, car par leur position élevée à cause du pouvoir qu'ils exercent, beaucoup de gens peuvent souffrir de leur incapacité, de leur paresse, de leur avarice, de leur injustice, de leur colère.

Mais aussi les princes bons et vertueux doivent être doublement chéris, car ils sont entourés de tant de gens qui leur cachent les misères du peuple, que leur bonté en est d'autant plus manifeste lorsqu'ils

secourent l'indigence, lorsqu'ils re-
cherchent des hommes de talent,
inconnus, faute de fortune et d'appui
et lorsqu'ils les mettent à même par
leur aide et leur protection, de donner
tout le développement possible à leur
génie.

Le GÉNIE est une disposition de
notre esprit qui nous fait voir le
grand côté de toutes choses.

La VALEUR est une des vertus du
soldat. Celui qui la possède compte
pour rien son existence si, en don-
nant sa vie, il accomplit son devoir.

L'ADMIRATION est le sentiment
qu'on accorde aux hommes de génie,
aux grands hommes, aux hommes
vertueux, à leurs œuvres, à leur
mémoire.

Un GRAND HOMME est celui qui arrive en toute chose aussi loin que l'on peut aller, et dont les œuvres ou la conduite sont destinés à servir de modèle à tous ceux qui suivront la même route.

Le titre de GRAND HOMME se donne surtout aux généraux habiles, aux grands législateurs, aux grands orateurs, aux rois conquérants, et à ceux qui ont porté dignement la couronne.

Un grand homme enfin est celui qui possède des qualités élevées, généreuses, tendant à l'amélioration des hommes ou au bonheur, à la gloire, à la grandeur du pays qui lui a donné naissance.

La SYMPATHIE est un mouvement

de notre âme qui n'est pas toujours uni à l'admiration ; ce sentiment nous pousse vers les gens vertueux et bons, et nous les fait aimer.

Ainsi, par exemple, on admire un grand homme de guerre, même lorsqu'il n'aurait pas d'autres qualités que celle-là, mais on peut ne pas l'aimer, ne pas avoir pour lui de sympathie, c'est ce qui fait qu'à la mort de beaucoup de rois qu'on appelait grands, leurs peuples se sont réjouis de ce qu'ils n'avaient plus à souffrir ou de leur injustice ou de leur cruauté.

C'est ce qui fait aussi que la perte d'un prince vertueux met tout un peuple en deuil, ainsi qu'on le vit à la mort du roi de France Louis IX.

La nouvelle de la mort de ce prince, nous dit son historien, répandit dans l'armée une consternation générale. Les uns pleuraient, les autres se prosternaient devant sa tente : tous s'entretenaient des grandes qualités et des vertus de Louis, qui, plus tard, fut canonisé par l'Eglise catholique, et devint un des bienheureux que nous invoquons le vingt-cinq août.

Placés dans une classe plus obscure, une foule d'hommes ont montré dans la médiocrité, dans la misère même, les vertus les plus nobles et les plus pures.

Ne jugez donc pas l'homme d'après son habit, ni d'après sa fortune telle mauvaise qu'elle soit, mais si vous

voulez être juste, jugez-le d'après ses
actions, d'après sa conduite, et,
s'il est bon fils ou bon père, suivant
son âge ; s'il pratique la JUSTICE ou
l'HUMANITÉ, qu'il soit pauvre ouvrier
ou domestique, vous ne sauriez lui
refuser votre sympathie, sans être
injuste : car, devant Dieu, cet homme
est autant que le plus puissant,
puisqu'il accomplit les devoirs de
son état. N'imitez donc pas les gens
qui n'estiment que ce qui brille. Ces
gens-là ont grand tort ; car, dans
un simple petit bouquet de violettes
qui coûte cinq centimes, il y a
un aussi doux parfum que dans un
magnifique bouquet qui vaut plus de
vingt francs.

De même parmi les enfants pau-

vres qui peuplent les écoles de
charité, il y a plus d'un petit
garçon qui deviendra savant ; et
parmi les enfants de parents riches
il y en aura plus d'un qui ne sera
qu'un ignorant.

De même encore, un bon livre, un
livre utile peut être recouvert d'un
parchemin sali, tandis qu'un livre
nuisible ou mauvais peut se pavaner
dans une belle couverture de maro-
quin doré.

Ne vous en rapportez donc pas
aux apparences : n'estimez les choses que pour leur utilité, les hommes
que pour leur vertu.

Et si vous voulez devenir vertueux
vous-même, si vous tenez à acquérir
les qualités qui doivent vous donner

des droits à l'estime et à l'affection de chacun; commencez par vous corriger des défauts que vous reprochent vos parents, car l'enfant têtu peut devenir docile, le paresseux travailleur ; peut-être même que le menteur pourra devenir sincère ; mais pour cela il lui faudra une volonté ferme, l'amour du bien, la haine du mal.

Oui, si vous voulez véritablement devenir aimable et bon, docile et appliqué; si vous voulez vous corriger, donner cette joie à votre mère, vous vous corrigerez en effet et vous pourrez être cité comme un exemple parmi vos jeunes camarades, car pour les enfants comme pour les hommes, il en est de même; le meilleur est celui qui, n'ayant pas, d'orgueil, craint toujours de ne pas être assez bon ni assez vertueux.

———

CHOIX

DE PRÉCEPTES

POUR EXERCER LA MÉMOIRE.

———

— Heureux l'enfant qui, chaque jour, reçoit un bon conseil ; plus heureux celui qui en profite.

— La peine et le plaisir passent comme une ombre. La vie s'écoule en un instant, elle n'est rien par elle-même ; son prix dépend de son emploi. Le bien seul qu'on a fait demeure, et c'est par lui que la vie est quelque chose.

— Celui qui sait bien employer ses heures a trouvé la route de la vertu.

— Apprends à obéir pour savoir commander.

— Souvenez-vous toujours que vous ne devez rien faire que vous puissiez avoir honte d'avouer.

— Comme rien n'est plus beau que la vérité, rien n'est plus laid, ni plus honteux que le mensonge.

— Un postillon a plus tôt fait une lieue qu'un paresseux n'a fini d'ouvrir un œil.

— Soyez poli pour tout le monde, surtout pour ceux qui sont pauvres, infirmes et souffrants.

— En voyant ceux qui sont mé- chants, on apprend à devenir bon par dégoût pour la méchanceté. En voyant ceux qui sont vertueux et bons, on apprend à devenir bon par amour pour la vertu.

— Ne fais pas toi-même ce qui te déplaît dans les autres.

— Il vaut mieux perdre que de faire un gain honteux.

— Fais du bien à tes amis, afin qu'ils t'aiment plus encore ; fais-en aussi à tes ennemis, afin qu'ils deviennent tes amis.

— Il ne faut pas se contenter de louer les gens de bien, il faut les imiter.

— Le meilleur héritage qu'un père puisse laisser à ses enfants, c'est l'exemple de ses vertus et de ses belles actions.

— Ne vous moquez jamais des infirmes : la plus belle âme peut exister dans un corps difforme.

— Les peines que vous faites aux autres, retomberont un jour sur vous-même.

— Quiconque a des bras et veut en faire usage, est sûr de ne pas mourir de faim : le travail est la ressource la plus assurée contre l'indigence ; toutes les autres sont incertaines.

— Honore la vieillesse en souvenir de ton père ou du père de ton père.

— Le vice le plus odieux, c'est le mensonge. Un hypocrite qui se pare d'un extérieur de sagesse ressemble à un scélérat qui, le jour, agit comme un honnête homme, et dont la nuit est employée au vol et au meurtre.

— Le pauvre ouvrier qui partage le pain de son déjeuner avec un plus pauvre que lui, a plus de mérite aux yeux de Dieu que l'homme riche qui donne à un misérable une pièce d'or. Car l'un se prive du nécessaire pour faire son aumône, tandis que l'autre ne dispose que d'une légère part de son superflu.

Malheur donc à celui qui attend le jour où le superflu lui viendra pour soulager la misère d'autrui.

— Une modeste maison où l'on rit, vaut mieux qu'un palais où l'on pleure.

— La gaieté est presque toujours

la preuve d'une bonne conscience.

— Tout méchant homme a commencé par être un mauvais fils.

— La vertu embellit les plus laids, le vice enlaidit les plus beaux.

— Ne cherchez ni vos camarades ni vos amis dans un rang, trop au-dessus du vôtre.

— Il en est de la sagesse, de l'honneur et de la vertu, comme de la neige qui ne peut plus reprendre son éclat dès qu'elle l'a perdu.

— L'instruction est un trésor, le travail en est la clef.

— L'ennui est né de la paresse.

———

PETITES
PIÈCES DE VERS

TIRÉES

DE DIFFÉRENTS AUTEURS

POUR EXERCER LA MÉMOIRE DES ENFANTS.

———————

Pour s'instruire de son devoir,
Il est toujours temps de s'y prendre,
On rougit de ne pas savoir,
Jamais on ne rougit d'apprendre

———————

Sois humble ! que t'importe
Le riche et le puissant !
Un souffle les emporte.
La force la plus forte
Est un cœur innocent.

(35)

LES CONSEILS

Bien souvent Dieu repousse
Du pied les hautes tours ;
Mais dans le nid de mousse
Où chante une voix douce
Il regarde toujours !

V . HUGO.

Nous ne recevons l'existence
Qu'afin de travailler pour nous et pour
[autrui]
De ce devoir sacré celui qui se dispense
Est puni de la Providence,
Par la misère ou par l'ennui.

———

Un jour de plus sur notre tête,
Nous impose un devoir de plus.
Hâtons-nous d'acquérir et talents et
[vertus],
Car le temps n'attend pas et jamais ne
[s'arrête].

———

Dieu qui sourit et qui donne,
Et qui vient vers qui l'attend,
Pourvu que vous soyez bonne,
  Sera content.

                    V. Hugo.

                    ———

PETITE

ENCYCLOPÉDIE

A L'USAGE DES ENFANTS

Après avoir fait le ciel et la terre
Dieu a divisé le temps en deux parts :
l'une, c'est le jour, consacré au
travail ; l'autre, la nuit, consacrée
au repos.

Il a peuplé le ciel, la terre et
l'eau d'animaux différents dont la
chair compose votre nourriture ha-
bituelle.

Ces animaux une fois créés, il a

rendu la terre féconde, pour qu'elle puisse vous fournir en abondance le pain, le vin, les légumes, les fruits. — Après avoir pensé à vos besoins, Dieu a songé à vos plaisirs.

Dans les bois, les prés, les jardins, sur le bord des eaux, mille fleurs embaumées croissent çà et là pour flatter votre odorat, charmer vos regards ; tandis qu'une troupe joyeuse de petits musiciens ailés vient enchanter vos oreilles par ses doux concerts.

Beaucoup d'hommes savants ont écrit des volumes dans lesquels ils ont passé en revue les merveilles de la création ; plus tard vous lirez ces ouvrages ; vous y puiserez l'instruc-

tion, mais, en attendant mieux,
je vais tâcher de vous en donner
une idée.

DE LA TERRE

La terre connue se divise en cinq
parties qu'on appelle les cinq parties
du monde, savoir :

L'Europe, l'Asie, l'Afrique, l'Amérique et l'Océanie.

La plus grande des cinq parties
du monde c'est l'Amérique ; on la
nomme ainsi parce que, avant
Christophe Colomb qui la découvrit,
Améric Vespuce, florentin, faisant
voile de ce côté, l'aperçut le 20 mai
1497 (quatorze cent quatre-vingt-dix-
sept). L'Amérique est la partie du

monde où l'on trouve le plus de minéraux.

L'Asie fournit l'épicerie et les pierres précieuses.

L'Afrique est celle des cinq parties du monde où le soleil est le plus ardent.

L'Europe est la plus petite, mais la plus peuplée, et celle où les sciences et les arts sont le plus cultivés.

L'Océanie comprend presque toutes les îles répandues dans le grand Océan ; c'est celle des cinq parties du monde qui occupe le plus grand espace dans le monde, et cependant c'est celle qui renferme le moins de terres et la population la moins considérable.

La mer qui tient une si grande place sur la terre est formée par une quantité d'eau salée ; ce sel qu'elle contient est ce qui l'empêche de se corrompre.

Un détroit est une mer qui se trouve resserrée entre deux continents.

Un continent est une grande étendue de pays qui n'est pas entre-coupé par des mers.

Un golfe est une quantité d'eau de la mer qui entre dans une terre et qui s'y arrête, mais sans cesser de communiquer à la mer par un côté.

Un cap est une éminence de terre qui s'avance au-dessus de la mer.

Une île est une terre entourée d'eau.

Une presqu'île est une terre entourée d'eau, hors par un côté, où elle tient à la terre.

Un isthme est une langue de terre qui joint la presqu'île au continent.

Un lac est une quantité d'eau douce qui parcourt plus ou moins de pays, et qui va se jeter dans la mer.

Une rivière est une eau semblable à celle du fleuve, mais en plus petite quantité, et qui va se jeter soit dans une mer, soit dans un fleuve, soit dans un lac.

Un étang ou vivier est une eau qui vient du fleuve ou d'une rivière, ou d'une source, qu'on détourne et que l'on retient pour y conserver du poisson ou pour l'agrément d'un jardin.

Un marais est une eau profonde, croupissante et qui, ne s'alimentant que par les pluies, se dessèche par la chaleur du soleil.

Le flux et le reflux de la mer sont deux mouvements qui, dans l'espace de vingt-quatre heures et quarante-neuf minutes, portent et reportent deux fois les eaux de l'Océan de l'Orient vers l'Occident.

Pendant le flux, la mer monte six heures durant, en s'avançant vers les côtes.

Après avoir cessé de monter, elle demeure comme en équilibre et

sans faire un mouvement, l'espace
d'une demi-heure : ce moment d'ar-
rêt est celui où on l'appelle la haute-
mer.

Dans le reflux, la mer descend
pendant six heures, en s'éloignant
du rivage où d'abord elle était
montée ; et, après qu'elle a cessé
de descendre, elle demeure encore
en équilibre une demi-heure et un
peu plus : cela s'appelle la basse-
mer.

Le tremblement de terre a sa
cause dans une inflammation formée
dans des grottes souterraines qui
ne sont pas fort éloignées de la sur-
face de la terre.

Pour concevoir comment cette
inflammation s'opère, il faut savoir

que la terre sur laquelle nous mar-
chons est une espèce de croûte au-
dessous de laquelle il y a une
quantité de creux ou cavités, et
une foule de canaux qui renferment,
de l'air et des eaux, lorsque l'air
que renferment ces canaux vient à
s'enflammer par des embrasements
souterrains, il en résulte des ex-
plosions qui secouent et ébranlent
la terre sur laquelle nous vivons.

Sur notre globe il y a plusieurs
lieux souterrains, d'où il s'échappe
continuellement une fumée fort
épaisse, ou des flammes qui causent
quelquefois des embrasements.

Ces lieux se nomment des
volcans.

Il y en a un en Sicile, c'est l'Etna ;

un autre à Naples, c'est le Vésuve ;
un troisième en Islande, c'est
l'Hécla.

Il y a quatre éléments : la terre
en est un ; les autres sont l'air, le
feu et l'eau.

On est convenu d'appeler les
trois règnes de la nature les animaux, les végétaux, les minéraux.

Ainsi, le règne animal comprend
avec l'homme, les animaux à quatre
pieds, les oiseaux, les insectes, les
poissons.

Par le règne végétal, on entend
tout ce qui a sa racine en terre ou
dans les eaux.

Le règne minéral se compose du
marbre, du granit, de la pierre,
enfin des métaux qui sont :

L'or, l'argent, le cuivre, le fer, le plomb.

DU CIEL.

Le ciel est cette vaste étendue que nous voyons au-dessus de nos têtes.

On le divise en trois parties : la première, qu'on appelle le firmament où luit le soleil, les planètes, les étoiles fixes.

La seconde, qu'on nomme le ciel, l'empyrée, qui est cet espace immense dont nous ne pouvons deviner les bornes, et dans le fond duquel doit être placé le trône de Dieu.

La troisième est l'atmosphère ;

or, l'atmosphère est l'air qui nous environne et dans lequel flottent les vapeurs qui s'élèvent de la terre et de la mer.

C'est dans cet air qu'habitent les oiseaux et que les nuages se forment ; ou il s'étend à vingt an trente lieues au-dessus de nous, aussi l'on peut dire que l'atmosphère sert d'enveloppe à la terre.

Le soleil est ce globe que vous voyez suspendu dans l'azur des cieux. Sa grosseur est évaluée à un million de fois plus que celle dela terre. On a calculé que la distance qui existe du soleil à la terre est de trente millions de lieues.

Autrefois on a cru que le soleil marchait, et qu'il tournait autour de la terre ; mais il est connu depuis longtemps que c'est la terre qui tourne autour du soleil.

La lune est un globe qui suit la terre et l'éclaire pendant la nuit ; cependant elle n'est pas un corps lumineux comme le soleil, et la clarté qu'elle répand est celle du soleil qui se reflète dans cette planète.

Beaucoup plus petite que le soleil, la lune est éloignée de nous d'à-peu-près quatre-vingt-dix mille lieues.

C'est la lune qui cause le flux et le reflux de la mer dont nous vous parlerons plus tard.

Les étoiles se partagent en étoiles fixes et en planètes.

L'étoile fixe est celle qui reste en place, ainsi que l'indique son nom.

La planète a un cours périodique et réglé ; ce qui veut dire qu'elle décrit une certaine route autour du soleil dans un temps connu.

Il y a six planètes, ce sont : Mercure, Vénus, la Terre, Mars, Jupiter, Saturne.

Une comète est une planète dont le cours autour du soleil et dans une orbite allongée, ne se fait pas périodiquement comme celui des autres planètes.

Jusqu'ici on en connaît soixante-trois, on en suppose beaucoup plus.

La foudre est un courant de feu qui s'élance avec impétuosité et auquel rien ne saurait résister.

L'éclair est une vive lumière produite par les exhalaisons enflammées. Le feu que donne cette lumière, peut briser, brûler et détruire tout ce qu'il atteint.

Il y a plusieurs sortes d'air, celui de la haute, de la moyenne et de la basse région.

Plus on s'élève, plus l'air est vif, pur et léger.

Les vents principaux sont au nombre de quatre.

Celui du nord, du sud, de l'orient et de l'occident.

Le vent du nord ou septentrion est ordinairement le plus froid puisqu'il arrive des terres et des mers glacées.

Le vent du midi ou du sud est le

plus chaud, parce qu'il vient de la zône torride, ou des pays chauds.

Le vent d'orient ou d'est est le plus sec, parce qu'il nous arrive du grand continent d'Asie où il y a peu de mers.

Le vent d'occident ou d'ouest est le plus humide, et nous apporte souvent la pluie, parce qu'il nous vient du Grand Océan d'où il s'élève une plus grande quantité de vapeurs.

Lorsqu'un vent impétueux rencontre en son chemin des nuées épaisses, ces nuées lui font obstacle, resserrent son chemin et le forcent à descendre de haut en bas sur la terre en tournoyant ; cela se nomme alors tourbillon.

Les nuées et les brouillards se forment des vapeurs qui, sortant de la terre, s'élèvent, se resserrent et se condensent, ce qui veut dire qu'elles prennent un corps.

La différence qui existe entre la nuée et le brouillard, c'est que la nuée étant plus légère se soutient en l'air, tandis que le brouillard étant plus pesant reste à fort peu de distance de la terre.

La pluie est une nuée épaisse qui, lorsqu'elle devient trop pesante, retombe en petites parties appelées gouttes d'eau.

Lorsqu'on voit en l'air de petits nuages entassés les uns sur les autres, c'est un signe de pluie prochaine.

Quand l'horizon, c'est-à-dire la place où le soleil se lève et se couche, est d'une couleur pâle et jaunâtre, c'est une marque qu'il y a quantité de vapeurs en l'air, ce qui annonce du mauvais temps.

Mais quand cette partie de l'horizon est d'un rouge vif, c'est qu'il y a fort peu de vapeurs en l'air, et cela dénote le beau temps.

La rosée se fait d'une quantité de parties d'eau très-subtiles, qui voltigent dans un air calme et pur. Ces vapeurs condensées par la fraîcheur des nuits, finissent par s'amasser plusieurs ensemble et retombent le matin en pluie fine et déliée qui dure peu et qui forme ces perles brillantes que vous voyez dans vos promenades matinales, sur les feuilles des arbres, et sur la cime des herbes.

La neige vient de ce qu'en hiver et quand il fait grand froid, les nuées se gèlent en l'air ; en sorte qu'au lieu de retomber en eau sur la terre, elles retombent en neige : si la neige est si blanche, c'est parce que les petites parties de glace qui composent ses flocons ayant de la solidité et de la trasparence, elles nous réfléchissent la lumière de tous côtés.

La grêle se forme lorsque les parties de la nue qui va tomber en pluie rencontrent dans leur route un air froid qui les gèle ; aussi ces petits morceaux de glace que l'on appelle grêle sont-ils de la grosseur dont les gouttes d'eau eussent été en tombant.

L'iris ou arc-en-ciel est ce bel arc formé de brillantes couleurs qui paraît dans le ciel après une pluie, vers la partie de l'air opposée au soleil.

Cette diversité admirable de couleurs qu'on remarque dans l'arc-en-ciel, ce sont les rayons du soleil qui se mirent dans les gouttes de pluie.

DIVISION DU TEMPS.

Un siècle renferme l'espace de cent ans.

Un an est l'espace de douze mois.

Un mois est l'espace de quatre semaines et quelques jours.

Il y a cinquante-deux semaines dans l'année.

La semaine est composée de sept jours, qui sont : dimanche, lundi, mardi, mercredi, jeudi, vendredi, samedi.

Chaque jour est un espace qui contient 24 heures.

Il se partage en deux : le jour et la nuit.

On le divise aussi en quatre parts qui sont : le matin, le midi, le soir et le minuit.

Le jour proprement dit commence au lever du soleil et finit au soleil couchant.

La nuit est l'espace de temps

qui dure depuis le coucher du soleil jusqu'à son lever.

Il est des saisons où la nuit a douze heures et le jour autant ; mais, suivant qu'elles varient, le jour est plus long et par conséquent la nuit plus courte.

Une heure est l'espace de soixante minutes ; une minute renferme soixante secondes.

Une saison est une révolution qui se fait régulièrement dans la nature quatre fois l'an.

On les nomme le printemps, l'été, l'automne, l'hiver.

Chaque saison dure trois mois.

Le printemps commence le 20 ou 21 mars.

L'été, le 21 ou 22 juin.

L'automne, le 22 ou 23 septembre.

Et l'hiver, le 21 ou 22 décembre.

Les douze mois dont est formée l'année sont : janvier, février, mars, avril, mai, juin, juillet, août, septembre, octobre, novembre, décembre.

Le temps de l'année où il y a une égalité parfaite entre la longueur du jour et celle de la nuit, s'appelle l'équinoxe ; cela arrive deux fois par an : le 20 ou 21 de mars ; le 22 ou 23 septembre.

La lumière qui précède le lever du soleil s'appelle aurore, celle qui suit son coucher se nomme crépuscule.

Les jours caniculaires, c'est-à-dire les jours les plus chauds de l'année, commencent le 19 juillet et finissent le 28 août.

Parmi les mois, il y en a sept qui ont 31 jours, savoir : janvier, mars, mai, juillet, août, octobre et décembre ; quatre qui en ont trente : avril, juin, septembre et novembre, et février qui en a 28 ou 29.

Nous avons dit que l'année compte 365 jours, mais cela n'arrive que 3 sur 4 ; car tous les quatre ans, il y a une année qui se nomme bissextile ; cette année se trouve avoir un jour de plus.

Cela vient de ce que chaque année ayant six heures de plus que 365 jours, on réunit ces heures tous les

4

quatre ans, afin d'en faire un jour de plus que l'on ajoute à février, et c'est pourquoi ce mois de 28 jours en compte 29 tous les quatre ans.

Les Romains qui d'abord avaient mesuré l'année en dix mois, en ajoutèrent deux ensuite : ils commençaient leur année le mois de mars.

Les Grecs qui comptaient par olympiade, célébraient les jeux olympiques tous les quatre ans. Ces jeux avaient été institués par Hercule en l'honneur de Jupiter.

Une époque est une manière de compter qui ne désigne pas une durée égale. Elle marque le temps depuis un événement remarquable jusqu'à un autre.

Ainsi, depuis la création du

monde jusqu'au déluge, c'est une époque.

Un lustre est l'espace de cinq ans.

Un jubilé est une cérémonie destinée à perpétuer le souvenir d'une chose importante arrivée il y a un siècle, un demi siècle, ou un quart de siècle.

Une indiction est l'espace de quinze ans, mais ce terme n'est en usage que lorsqu'il s'agit du calendrier romain.

Après avoir mis sous vos yeux la division du temps telle que les hommes l'ont imaginée, il est utile de vous dire quelles découvertes ils ont faites dans les sciences, dans les arts, et

par combien d'études différentes
on arrive à devenir un homme
instruit, une femme instruite.

PETITE

ENCYCLOPÉDIE

DES

ARTS ET DES SCIENCES.

LA LECTURE.

La Lecture est la connaissance des lettres, à l'aide desquelles on forme les mots, qui représentent les diverses pensées que fait naître tel ou tel sujet. Mais il ne suffit pas de connaître des lettres, il faut encore savoir les assembler, joindre les mots les uns aux autres, en comprendre le sens, y donner le ton ou l'accent, et marquer la ponctuation.

Au reste, vous qui lisez bien à présent, vous voyez que la lecture a pour résultat de connaître une certaine quantité de caractères qui, rangés d'une certaine façon, expriment des idées que les hommes peuvent ainsi fixer sur le papier, pour l'utilité, le plaisir, l'instruction de ceux qui la cultivent, et qui l'aiment.

L'ÉCRITURE.

L'Écriture est l'art de former les caractères de l'alphabet avec la plume. Les Juifs et la plupart des Orientaux écrivent de la droite à la gauche. Les Chinois écrivent de haut en bas. Tous les autres peuples écrivent comme nous. De tous les arts c'est le plus utile à la société : car l'écriture est l'âme du commerce, elle est la clef des sciences et des arts. C'est elle qui trace le tableau du passé, elle qui transmet les règles de toutes choses pour l'avenir ; enfin elle est le messager discret de nos pensées, la consolation de l'absence.

LA GRAMMAIRE.

La Grammaire est l'art de parler et d'écrire correctement. Elle nous apprend à nous conformer scrupuleusement au génie de la langue.

C'est elle qui enseigne à bien décliner les noms, conjuguer les verbes; c'est par elle seule qu'on peut apprendre à bien orthographier.

DE LA CONNAISSANCE DES LANGUES.

Chaque pays a sa langue qui lui est propre, mais outre sa langue maternelle, il en est dont la connaissance est indispensable dans telle ou telle circonstance.

Ainsi, par exemple, la langue latine est nécessaire à tout jeune homme qui se destine à l'étude des lois ou de la médecine.

Pour ceux qui se livrent au commerce, la langue anglaise est aussi de première nécessité.

En dehors ces deux-là, les langues qui s'apprennent le plus ordinairement sont : l'allemand, l'italien, l'espagnol; dans les colléges, l'étude de la langue grecque suit presque toujours l'étude de la langue latine.

L'ARITHMÉTIQUE.

L'Arithmétique est la science des calculs, et comme avec elle il est impossible de commettre une erreur soit qu'on veuille compter des centimes, soit qu'on ait à calculer des millions, on l'appelle une science exacte.

Les principales règles de l'A-
rithmétique sont : l'addition, la soustraction, la multiplication, la division.

L'addition nous enseigne à ras-
sembler plusieurs chiffres pour en
connaître la valeur, lorsqu'ils sont
joints les uns aux autres.

EXEMPLE :

20 fr.

25

font 45 fr. qui est la
valeur totale des chiffres posés plus
haut.

La soustraction est une règle
qui nous apprend à ôter une petite
somme d'une plus grande, ou un
petit nombre , d'un plus considérable, pour savoir ce qui en reste.

EXEMPLE :

de 50

ôtez 30

_____

reste 20

_____

La multiplication apprend à multiplier deux nombres l'un par l'autre, pour savoir combien produiront les deux nombres réunis.

EXEMPLE :

multipliez 20

par 4

_____

vous aurez 80

_____

La division sert à partager un nombre d'une certaine force en plusieurs nombres plus petits.

EXEMPLE :

$$6 \mid \frac{4}{1,5}$$

L'Arithmétique est utile dans tous les états : riches ou pauvres en ont besoin. Elle apprend à raisonner juste dans toutes les autres sciences ; elle enseigne l'ordre, enfin elle est la mère du commerce.

LA GÉOGRAPHIE.

La Géographie est la science qui nous apprend à connaître la position qu'occupent sur la terre les différents pays qui la couvrent.

L'HISTOIRE.

C'est le nom de la science qui nous apprend les révolutions par lesquelles la face des empires a été changée.

Elle nous apprend aussi la filiation des familles qui ont gouverné, et fait arriver jusqu'à nous les noms glorieux des bons rois, des princes, équitables, pour les livrer au respect à la sympathie des hommes ; tandis que ceux des mauvais, des rois fainéants, resteront entourés du mépris public.

5

LA MYTHOLOGIE.

C'est l'histoire des dieux du paganisme, c'est-à-dire des dieux que les Grecs et les Romains adoraient.

L'ASTRONOMIE.

L'Astronomie apprend à considérer les corps célestes, à calculer leurs mouvements, à mesurer la grandeur et l'éloignement des astres et des planètes : elle sert à calculer, d'une manière certaine, les éclipses de soleil, de la lune, etc. Cette science a été découverte par les Chaldéens.

L'instrument dont on se sert en astronomie pour observer les astres, se nomme astrolabe.

L'AGRICULTURE.

C'est la connaissance des différentes sortes de terrains et de semences qu'on doit confier à chacun d'eux, suivant qu'on espère leur voir produire en plus grande abondance soit la vigne, soit le grain destiné à la nourriture des hommes et des animaux.

L'HORTICULTURE.

C'est la science de l'homme qui s'applique à la culture des jardins.

LA BOTANIQUE.

Comprend la connaissance des plantes et des fleurs, avec celle des arbres et des arbustes.

LA CHIMIE.

C'est la science à l'aide de laquelle on parvient à décomposer les corps de différentes natures, afin de découvrir l'action qu'ils ont les uns sur les autres.

Par la chimie on apprend à reconnaître les parties d'une substance quelconque, à en séparer les mauvaises, à en tirer les bonnes; c'est par cette connaissance que la chimie a fait des découvertes fort utiles qu'on a appliquées à la médecine, à la chirurgie et aux arts.

L'ANATOMIE.

L'Anatomie est la science qui nous montre, dans les plus petits détails, la construction du corps de l'homme et celle de tous les animaux existants.

C'est elle qui nous révèle l'existence des plus petits nerfs, des ligaments les plus fins, les plus déliés, qui nous ont été donnés pour faciliter nos mouvements et pour aider à toutes les fonctions de la vie.

LA CHIRURGIE.

La Chirurgie est la science qui indique les opérations à faire sur le corps de l'homme, lorsqu'il s'agit de porter remède à un abcès, à une blessure, à une fracture.

LA MÉDECINE.

La Médecine est la science à l'aide de laquelle on peut conserver la santé, guérir les maladies.

LA MÉCANIQUE.

C'est la science qui enseigne à construire des machines dont l'action est destinée à remplacer des bras d'ouvriers ; de telle sorte que le travail qui en résulte puisse être fait plus vite et à meilleur marché.

LA JURISPRUDENCE.

La Jurisprudence est la connaissance des lois, et de la procédure que l'on doit suivre dans les procès que peuvent amener différentes circonstances de la vie.

LE COMMERCE.

Est l'art d'échanger ou d'acheter ou d'échanger et de vendre des marchandises, dans le but d'y gagner : pour le faire avec avantage, il faut connaître les besoins des différents pays, et retirer les choses qui abondent dans un lieu, pour les transporter dans celui où elles manquent.

A côté des sciences qui servent au bien-être et à la conservation des hommes, et dont les produits ont un but utile, il y a les arts dont le résultat est de faire le charme de nos yeux, de nos oreilles, de notre intelligence.

DE L'IMPRIMERIE.

Par l'Imprimerie nous sommes arrivés à la reproduction des livres de science, d'étude, d'art et d'agrément. L'Imprimerie est l'art de former les caractères avec des moules de fonte.

On attribue l'invention à Jean Guttemberg de Mayence, en l'année quatorze cent quarante.

LA NAVIGATION.

La Navigation est un art qui traite de la manière de guider un vaisseau et de lui faire faire une longue route au milieu des écueils, par le secours des vents, des voiles, de la boussole, du gouvernail, des cartes marines et des rames.

LA COSMOGRAPHIE.

Par la Cosmographie on entend

la description du globe que nous habitons.

L'ARCHITECTURE.

C'est l'art à l'aide duquel on apprend à distribuer les bâtiments avec ordre, avec symétrie, et de manière à ce qu'ils soient convenables pour l'usage auquel on les destine.

Chaque époque qui s'est écoulée a donné naissance à une architecture d'un goût différent; cela s'appelle les ordres de l'architecture. On en compte cinq qui sont : le toscan, le dorique, l'ionique, le corinthien, et ple composite. On y a ajouté le gothique dont on s'est beaucoup servi pour les églises. Chacun de ces ordres tire son nom des peuples chez qui on les a inventés.

LA GRAVURE.

Est l'art d'exécuter toutes sortes de dessins sur le cuivre et l'acier, avec l'eau forte et le burin.

LA SCULPTURE.

La sculpture est un art qui nous apprend à modeler la terre glaise avec le secours du dessin, c'est-à-dire à lui imprimer la forme qu'on veut, pour en arriver à tailler ensuite, et d'après son modèle, la pierre et le marbre.

C'est la sculpture qui reproduit pour vous cette belle et pure image de la Vierge-Marie tenant Jésus entre ses bras.

LA PEINTURE.

Nous montre vivants et agissants dans les plus beaux moments de leur vie, les grands hommes de tous les temps et de tous les pays.

C'est à la peinture que vous devez le portrait de ceux que vous aimez.

Il y a plusieurs sortes de peintures : la peinture à l'huile, c'est-à-dire faite avec des couleurs délayées à l'huile qui s'exécute sur toile ; la peinture à fresque qui se fait avec des couleurs délayées à l'huile; soit à la cire, soit à la colle qui se pose sur les murs; l'aquarelle qui se fait avec des couleurs délayées à l'eau et à la gomme; la miniature qui est une aquarelle très finie faite sur ivoire; enfin, le pastel qui s'exécute avec des crayons de couleur sur papier. Il y a aussi la gouache pour laquelle on se sert de couleurs opaques, c'est-à-dire sans transparence et qui sont préparées à la colle.

LA POÉSIE

C'est l'art de réduire sous le joug de la mesure et de la rime les idées tendres, nobles, pieuses, énergiques, destinées à vous échauffer votre esprit.

C'est à la poésie que vous êtes redevable de ces fables si jolies, si morales, que vos camarades plus grands que vous apprennent, et que bientôt vous-mêmes vous apprendrez.

LA DANSE.

Elle nous enseigne à faire des pas réglés, et répand sur tous nos mouvements quelque chose de facile et d'agréable qui ne se perd jamais.

C'est par la danse qu'on acquiert une tournure libre et dégagée qui se montre dans la démarche, et nous donne la confiance nécessaire pour nous présenter sans gaucherie et sans hésitation.

LA MUSIQUE.

C'est à la musique que vous devez ces gentils refrains que vous répétez bien souvent, et ces contre-danses si gaies, si vives, si remuantes qui ont le pouvoir de vous charmer. C'est elle aussi qui vous enseignera tous ces chants purs et religieux que vous entendez dans la maison du Seigneur, les dimanches et les jours de fête. et qui font monter jusqu'à lui nos prières et nos actions de grâces.

LITTÉRATURE.

L'invention des lettres ou caractères alphabétiques donna l'essor au génie de l'homme. A l'art de peindre la pensée, succéda celui de la développer, de l'embellir et de la présenter sous les formes les plus persuasives et les plus brillantes.

De là on vit éclore dans la suite des temps tous ces nombreux chefs-d'œuvre dans les différentes branches de la littérature.

Parmi les ouvrages en vers on distingue la poésie épique, le poème descriptif, l'élégie, les poèmes satiriques et dramatiques.

L'histoire, les écrits didactiques, la philosophie, la morale, le genre épistolaire sont du domaine de la prose.

La littérature, prise dans toute l'acception du mot, renferme toutes les connaissances en général, et si nous nous rappelons que les connaissances sont la base la plus solide de la vertu et la voie la moins douteuse pour arriver au bonheur; nous comprendrons facilement que nous ne pouvons assez sacrifier de soins et de veilles à l'étude de la littérature. Les lettres sont le charme du jeune âge, et dans nos vieux jours quand les plaisirs de la société n'ont plus d'attraits pour nous, les livres demeurent nos meilleurs

amis, et ils jettent encore des fleurs
sur nos derniers moments.

Autrefois la cherté des livres en
rendait l'acquisition très-difficile,
il n'était permis qu'aux grandes
fortunes de jouir des agréments
d'une bibliothèque ; mais aujourd'hui,
grâce au progrès de la typogra-
phie, il est peu d'hommes qui ne puis-
sent se procurer des livres à la fois
utiles et agréables.

L'ART DE BATIR.

L'inclémence des saisons, les
vicissitudes de la température, frap-
pent plus ou moins tous les êtres
animés. Les animaux de proie
cherchent un abri dans les antres,

dans les cavernes : les castors élèvent des digues, les lapins creusent des terriers souterrains : l'homme imita d'abord leur industrie, mais l'homme ne se borne pas longtemps au simple rôle d'imitateur, sa raison mûrie par l'expérience et secondée de l'imagination lui trace bientôt des routes inconnues, et ses emprunts finissent par lui appartenir, ou pour mieux dire, se changent en création nouvelle.

Ceux qui les premiers élevèrent des toitures, et donnèrent à leurs édifices des côtés unis et égaux, furent les inventeurs de l'art : ceux qui les premiers se servirent de pierres même brutes, et comblèrent les interstices entre les pierres de gazon ou d'argile; ceux qui les réunirent par un ciment, furent des innovateurs qui frayèrent la route à de nouvelles perfections.

Les Saxons ont un style particulier d'architecture, on le reconnaît à ses arches semi-circulaires et à ses colonnes massives. Les vieux édifices de l'Angleterre et de la France en offrent des modèles.

Les Normands ont aussi inventés un fort beau style qu'on nomme le gothique, remarquable par la richesse et la profusion des ornements, par des arches terminées en pointe et des colonnes ciselées.

Ce style se trouve dans presque toutes nos vieilles cathédrales; on le remarque encore avec plaisir dans quelques édifices particuliers.

————————

Après vous avoir parlé des merveilles de la création, après vous avoir donné une idée des différents états que peuvent embrasser les hommes, des différentes routes qu'ils doivent suivre, nous nous résumerons en vous disant : que depuis le plus humble mendiant jusqu'au plus puissant empereur, chacun peut avoir sa vertu, mériter l'estime et la sympathie de tous les honnêtes gens et de tous les bons cœurs, et qu'au reste avec l'instruction on arrive à tout.

FIN DES CONSEILS.

LE CONSEIL DU PÈRE.

(Extrait des 103 Contes de Schmidt.)

———————

Un homme avait eu le bonheur, dans un naufrage, d'aborder à une île déserte avec sa femme et trois enfants en bas âge. Quelques jours même après son arrivée dans cette île, il avait trouvé quelques provisions et un peu de blé parmi les débris du navire échoué sur la côte. Son premier soin fut de labourer la terre qui était grasse et fertile, et de semer le grain qu'il avait, afin de ne point se trouver dépourvu quand ses faibles ressources viendraient à lui manquer.

La prévoyance de cet homme avait été sage ; il eut au bout de quelques mois une récolte assez abondante pour se nourrir toute l'année, lui, sa femme et ses enfants. Il fit de même les années suivantes et recueillit encore beaucoup de blé.

Au bout de quelques temps sa femme vint à mourir, et il resta seul avec ses trois enfants. Alors il se dit à lui-même : Je puis mourir aussi, et mes enfants, trop jeunes pour labourer la terre et pour l'ensemencer, seront en danger de mourir de faim si je ne travaille pas dès aujourd'hui pour le temps où je ne serai plus avec eux.

Alors il se mit à labourer une plus grande étendue de terre et obtint de plus riches mois.ons. Tout ce qui ne servait pas aux besoins présents, il le mettait en réserve pour l'avenir. Il fit ainsi pendant plusieurs années consécutives, au bout desquelles il tomba dangereusement malade.

Sentant sa fin prochaine, ce bon père appela ses enfants, qui étaient déjà dans la fleur de l'âge, et leur dit :

— Mes enfants, l'heure est venue pour moi d'aller rejoindre votre mère dans un monde meilleur : vous allez être seuls sur cette terre ;

mais ne craignez rien : les cabanes
que j'ai bâties sont pleines de provisions pour plusieurs années, et si
vous êtes sages vous ne manquerez
de rien après moi. Seulement
n'oubliez pas, dès que j'aurai fermé
les yeux, de vous partager en frères
ce que je vous aurai laissé, et de
mettre aussitôt à labourer et à ensemencer une partie de terre que
vous choisirez, l'un au midi, l'autre
au levant, le troisième au couchant,
sans toutefois vous éloigner beaucoup
l'un de l'autre.

Leur père mort, les trois enfants se
partagèrent le blé qu'il avait amassé
pour eux, et chacun d'eux s'en alla
de son côté, suivant le conseil qu'ils
avaient reçu de lui.

6

Mais arrivé au lieu qu'il avait choisi pour son partage, l'aîné se dit : J'ai du blé pour plusieurs années, et la terre que j'habite est riante et agréable : au lieu de me consumer péniblement à déchirer son sein, je ferai mieux de jouir en paix de ses délicieux ombrages. Il sera toujours temps de semer plus tard.

Le second ne raisonna pas plus sagement. Cette terre est si bonne qu'elle n'a pas besoin de culture, pensa-t-il ; il y a ici beaucoup d'eau ; il suffit de jeter le blé sur le sol : il poussera de lui-même.

Au bout de quelques années, celui des deux frères qui n'avait ni labouré ni semé, se trouvant privé de toutes ressources, alla vers celui qui avait semé sans labourer ; il le trouva aussi misérable que lui-même. Qu'allons-nous devenir? se disaient-ils l'un à l'autre : si notre jeune frère n'a pas été plus sage que nous et qu'il ne puisse pas nous aider, nous mourrons de faim pour n'avoir pas suivi les conseils de notre père.

Heureusement pour eux que le plus jeune des trois frères avait été plus sage. A peine arrivé dans la partie de l'île où il devait se fixer, il s'était mis aussitôt à labourer et à semer sans perdre un seul moment, de sorte qu'il était riche et heureux quand il reçut la visite de ses frères ; il vint à leur secours ; cette leçon suffit pour leur faire comprendre leur imprudence.

Comme on ne sait jamais quand on doit recueillir,
Il faut semer d'avance et prévoir l'avenir.

LES EFFETS DE LA PRIÈRE.

Christophe, petit garçon bien différent de celui dont il est question dans l'histoire précédente, avait contracté une telle habitude du mensonge, qu'il mentait en quelque sorte malgré lui. Il eût donné beaucoup pour se délivrer de ce vice qui était devenu une espèce de maladie ; mais ni les réprimandes, ni les humiliations, ni les châtiments n'avaient pu l'en guérir.

Un jour qu'il venait de faire un mensonge si grossier que sa mère en rougissait pour lui, Christophe se mit à fondre en larmes, et lui dit : — Je suis bien malheureux ! je voudrais ne pas mentir, parce que je sais bien que c'est un vice bas et honteux, et que d'ailleurs ma mauvaise foi ne tourne jamais qu'à ma confusion ; mais je ne puis m'en défendre, c'est une habitude plus forte que toutes mes bonnes résolutions. Que faut-il donc que je fasse pour n'y plus retomber ?

— Mon enfant, lui dit sa mère, il y a un moyen très-simple et très-sûr de te préserver du mensonge, c'est de n'en avoir jamais besoin. Fais bien attention que tu ne mens

pas. précisément pour le plaisir de
mentir, ce qui serait une manie in-
curable ; mais tu mens parce que
tu fais le mal, pour éviter la honte
et les reproches qu'il amème après
lui. Si tes actions étaient bonnes,
tu aimerais mieux la lumière que
les ténèbres ; mais comme elles sont
mauvaises, tu aimes mieux les ténèbres que la lumière. Voilà ton
malheur, mon enfant, c'est que tu
te mets toujours dans la nécessité de
mentir, et que le mensonge est en
quelque sorte lié à chacune de tes
actions. Maintenant veux-tu sincèrement te réformer ? travaille à ne
plus retomber dans les fautes que
tu commets si souvent ; tu me diras
que cela n'est point facile, parce

que l'habitude est forte et enracinée ; mais rien n'est impossible à Dieu, qui seul peut nous accorder la grâce de nous corriger : c'est donc à lui que tu dois demander la force nécessaire pour vaincre tes défauts et tes vices, ainsi que le mensonge qui en est la funeste conséquence.

Christophe comprit la vérité de ces paroles, et ne songea plus qu'à mettre en pratique les sages conseils de sa mère. Chaque fois qu'il se trouvait tenté de commettre une mauvaise action, il pensait au mensonge qu'elle amènerait après elle ; alors il tombait à genoux et se mettait à prier : « Sainte Marie, ma mère, s'écriait-il en pleurant, invoquez pour moi le Dieu de vérité, afin qu'il me délivre du mal, et que le mensonge ne soit plus dans ma bouche. »

Dieu ne refuse point ses dons à ceux qui les lui demandent avec foi. Christophe voulait sincèrement se corriger de ses mauvaises habitudes ; aussi ne tarda-t-il pas à devenir un enfant parfait, et à donner à ses parents autant de joie qu'il leur avait jusqu'alors causé de honte et de chagrin.

Vous qui voulez vous corriger du vice
Et du mauvais esprit surmonter la malice,
Invoquez le Seigneur et n'espérez qu'en lui :
Sa grâce deviendra votre plus ferme appui.

LE MARIAGE MANQUÉ

————

Madeleine, restée orpheline de bonne heure, avait été élevée par l'une de ses tantes. A dix-huit ans elle était bonne ménagère, d'un caractère doux et aimable, laborieuse et fort jolie de figure. Aussi, quoiqu'elle n'eût aucune fortune, un riche marchand du voisinage voulut la prendre pour femme.

C'était un homme rempli de bonnes qualités, et vraiment religieux ; le bonheur de Madeleine se trouvait assuré. Tout fut promptement con-

venu, ét l'on dressa le contrat de
mariage, qui stipulait les plus grands
avantages en faveur de la jeune
épouse.

On apporta l'acte pour le faire
signer ; mais, hélas ! la jeune fille
s'était toujours senti une grande ré-
pugnance pour l'application que
demandait l'étude de l'écriture, elle
ne savait pas même tracer son nom,
Il lui fallut avouer son ignorance en
présence de son futur, et elle rougissait de honte.

— Comment, lui dit-il, vous, si
bien élevée, vous ne savez pas écrire !
— Mon Dieu ! non, répondit-elle,
— Mais alors il est impossible que
je vous épouse ; en mon absence ma
femme doit pouvoir tenir mes écri-

tures, répondre aux lettres, signer pour moi ; quelque chagrin que j'en éprouve, je suis obligé de retirer ma demande.

Le mariage ne put se faire, et jamais Madeleine ne retrouva l'occasion qu'elle avait manquée. Bien plus, comme on ne put taire le motif de la rupture, elle fut exposée aux moqueries des jeunes filles que sa bonne fortune avait rendues jalouses.

FIN

TABLE

—

FIN DE LA TABLE.

Limoges. — Imp. E. Ardant et Cie.

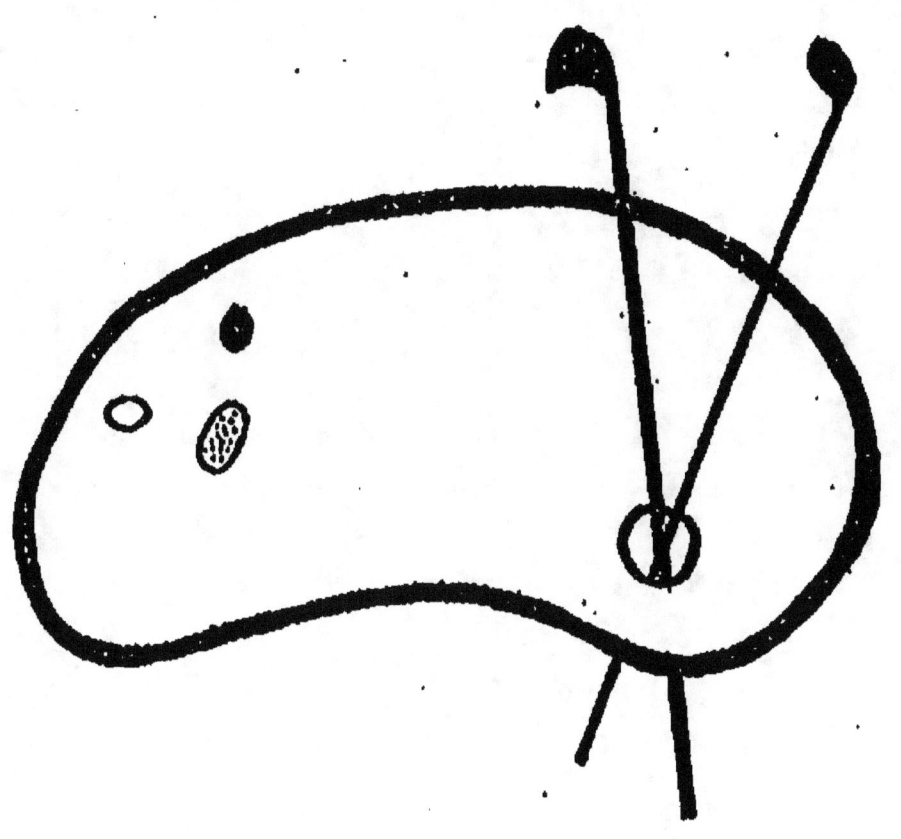

ORIGINAL EN COULEUR
N° Z 43-120-8

www.ingramcontent.com/pod-product-compliance
Lightning Source LLC
Chambersburg PA
CBHW060834250626

47162CB00005B/2067